部编版语文教材配套阅读名著书系

九年级

你是人间四月天

林徽因 著

四川人民出版社

图书在版编目（CIP）数据

你是人间四月天 / 林徽因著 . -- 成都 : 四川人民出版社 , 2020.1

（部编版语文教材配套阅读名著书系）

ISBN 978-7-220-11497-7

Ⅰ . ①你… Ⅱ . ①林… Ⅲ . ①诗集—中国—现代②散文集—中国—现代 Ⅳ . ① I216.2

中国版本图书馆 CIP 数据核字 (2019) 第 202149 号

NI SHI RENJIAN SIYUETIAN

你是人间四月天

林徽因 著

出 版 人	黄立新
责任编辑	唐　婧
封面设计	李其飞
出版融合统筹	张明辉　袁　璐
责任印制	祝　健
出版发行	四川人民出版社（成都市槐树街 2 号）
网　　址	http://www.scpph.com
E-mail	scrmcbs@sina.com
新浪微博	@ 四川人民出版社
微信公众号	四川人民出版社
发行部业务电话	（028）86259624　86259453
防盗版举报电话	（028）86259624
印　　刷	自贡市华华广告印务有限公司
成品尺寸	170mm × 235mm　1/16
印　　张	8
字　　数	114 千
版　　次	2020 年 1 月第 1 版
印　　次	2020 年 1 月第 1 次印刷
书　　号	ISBN 978-7-220-11497-7
定　　价	25.00 元

搭应试教育的船，读传世经典的书

经过多年的编写和试用，2019 年秋季，全国中小学将统一使用部编版语文教材。温儒敏先生主编的部编版语文教材，革新了我们对语文教学的认识，也为中学生的语文学习指明了方向。概而言之，就是要大量阅读，“多读书，好读书，读好书，读整本的书”，培养阅读兴趣，扩大阅读面，养成良好的阅读习惯。阅读既可以为一生的发展打底子，也有利于考试拿到好成绩。

因此，部编版语文教材，除了作为老师的“教读”文本，精选了许多经典的篇目外，还提供了丰富的延展，列出来许多指定阅读或推荐阅读的书目。这一部分书目，更强调“自读”。

如何自主阅读，温儒敏先生也提供了一些方法，如“自由阅读”“连滚带爬阅读”“反复诵读”等。但无论如何，初中阶段的阅读，还是需要“搭上应试教育的船”，这是“巨大的现实”。

根据部编版初中语文教材所推荐阅读书目及课文中所收作者作品和“巨大的现实”，我们策划出版了“部编版语文教材配套阅读名著书系”。这套书有如下几个特点。

一、紧扣教材，原版全本

本书系第一辑 29 种，都出自于最新的部编版语文教材，具体到每一年级的上册或下册，或为指定阅读、推荐阅读，或为收入课本作者的作品延伸，都是初中学子应知应读的经典名著。而这些经典名著，除了《诗经》《史记》等少量古代经典考虑学生接受程度做了篇目精选，大部分图书都是原版全本收录，拒绝改写、缩写。

二、名师指导，提供阅读方法

经典，不是我们正在读的，而是我们反复读的。但是初次阅读经典，仍需要好的指引。因此，本书系在栏目设置上，特别添加了“本书导航”“读书方法指导”“专题探究”“名师点评”“阅读鉴赏”“知识拓展”“考题链接”“读后感”“真题汇编”等栏目，帮助读者节约阅读时间，掌握正确的阅读方法，扩大阅读面，养成良好的阅读习惯。

三、精读与泛读相结合

本书系根据语文教材编写特点，邀请一线工作的著名语文教师，在容易考查的重点篇目上加旁注，提供“名师点评”“思考探究”等栏目逐字逐句加以精读，全书还有疑难字词的注音注释，做到精读与泛读相结合，指导阅读与自由阅读相结合。

四、爬梳考点，提高得分能力

本书系邀请著名语文教师，全面梳理全国各地近五年中考试题，与名著内容进行比对，通过“考题链接”“真题汇编”等方式，对相关考点进行针对性训练，切实提高读者的应试得分能力。

大文豪伏尔泰说，当我们第一遍读一本好书的时候，我们仿佛觉得找到了一个朋友；当我们再一次读这本书的时候，仿佛又和老朋友重逢。

希望我们这套书能成为大家的好朋友，度过这漫长三年的好朋友。

“部编版语文教材配套阅读名著书系”编写组

2019年11月

本书导航

• 认识作者

林徽因（1904 –1955 年），原名林徽音，其名出自《诗 · 大雅 · 思齐》：“大姒嗣徽音，则百斯男”。后改名“徽因”。中国著名女建筑师、诗人和作家，人民英雄纪念碑和中华人民共和国国徽深化方案的设计者之一、建筑师梁思成的第一任妻子，被胡适誉为“中国一代才女”。20 世纪 30 年代初，同梁思成一起用现代科学方法研究中国古代建筑，为中国古代建筑研究奠定了坚实的科学基础。文学上，著有散文、诗歌、小说、剧本、译文和书信等，代表作《你是人间的四月天》《莲灯》《九十九度中》等。其中，《你是人间的四月天》最为大众熟知。

• 艺术特色

林微因的诗歌具有独特的艺术特色。首先，她的诗歌中出现了大量自然景物，这些自然景物都是清新淡雅的，表现了作者朴素简洁的审美趣味。第二，将建筑绘画艺术融入诗歌表达，因此她的诗歌表现出造型艺术上的美感，以及极强的画面感。第三，善于寓情于景。她将抽象的情绪寄寓于具体可知的事物中，创造一种意境，含蓄地抒发个人情感。

读书方法指导

语文的学习是很难做到一蹴而就的，它是一个长期积累的过程，只有“厚积”才能“薄发”。阅读能力是语文学习中的一项重要能力，提高阅读能力需要一定的读书方法指导，就《你是人间的四月天》而言，建议同学们采用如下方法开展阅读。

• 方法一：朗读法

我们常常说“读诗”，而不是“看诗”。从字面上分析，“读”的偏旁是“讠”，既然是言字旁，就和“口”有关系。如果不从嘴巴里把声音发出来，就很难体会到诗歌的妙处。这就好比一首歌，我们仅仅看歌词，很难说它是一首好听的歌。一首钢琴曲，我们仅仅看乐谱，也很难说它是一首动听的乐曲。歌好听要有人唱出来才行，曲好听要有人弹出来才行。和唱歌弹琴相比，读诗的门槛更低，只要会说话，能发声，就可以读诗。同学们只有通过亲自尝试，读出声音来，才能更好地体会到诗歌中平仄、押韵等形式上的要求带来的韵律之美。

• 方法二：体悟法

诗歌与散文不同，大多短小精悍，因此不建议从一开始就搜索诗歌的各种资料，读一些诗歌鉴赏之类的文章，建议大家自己静下心来，反反复复地读，细细地、慢慢地品味，要读出自己的真感受，而不要用别人的感受代替自己的感受。等自己读出了一些滋味，再去了解诗歌相关的背景资料以及鉴赏的文章，这样才能不被别人牵着鼻子走，才会有更大的收获。

• 方法三：共情法

所谓“共情”，就是你要体会诗人的情感，要在情感上和诗人产生共鸣。要想做到共情，需要注意这样几个要点：第一，要理解诗歌的基本意思；第二，要把握诗歌的情感基调；第三，要结合自己的生活经历。只有这首诗打动了你的心灵，你才可能从心底喜欢上它。

• 方法四：时间巧安排

零星时间阅读法。要善于利用课余之后点滴零星时间阅读，积少成多。著名数学家苏步青说过：“我用的是零头布，做衣服有整料固然好，没有整段时间，就尽量把零星时间利用起来，加起来可观得很。”写下皇皇巨著《物种起源》的生物学家达尔文说：“我从来不认为半小时是微不足道的很小的一段时间。”

整段时间阅读法。寒暑假、节假日对于爱读书的中学生来说，是十分珍贵的。同学们在适当娱乐、温习功课之后，可根据自己的兴趣，广泛涉猎。

专题探究

• 专题一：探究本书的诗美原则

本书的作者林徽因是一代才女。她不仅在建筑上有杰出的贡献，而且在文学上也有很大的成就。她创作的诗歌不仅体现了诗歌的音乐美、绘画美，还融入了建筑美这一特色，这一成果在当时，为诗歌的进步提供了很大帮助。为了更好地研究本书的这三点诗美原则，可以从中选择一篇诗歌，从这三点进行分析、理解。

《你是人间的四月天》的诗美原则

《你是人间的四月天》完美体现了林徽因的诗美原则，词语的跳跃和韵律的和谐达到了一种极致美。

一、建筑美

全诗共分为5个小节，每节3句，全诗的字数和句式，匀整而和谐，从诗形上是典型的传统格律诗，具有类似建筑物外形的美感，即诗歌视觉上的“句的匀齐”。林徽因善于借鉴建筑艺术的技巧，运用语言的符号组合形成富有视觉感染力的外在几何形态，进而引发读者的想象和审美心理。“由于她互通文理，她用那文艺笔法写的建筑学论文与富有‘建筑美’的诗歌，同样为当时的文学青年所爱读。”这种建筑美又不仅限于诗歌外形的表现上。这种特有的“建筑审美观”反映在林徽因诗歌创作上，是大量建筑意象的运用，实现诗歌与建筑两种艺术的完美融合。“她对中国古建筑的了解、热爱和她在美术方面的修养，常常使她的作品中出现对建筑形象和色彩的描绘。”作为诗意的建筑家，她常以古建筑为诗歌意象，《人间的四月天》中的“在梁间呢喃”选取了房梁这一意象，实现语言与建筑意象的和谐组合，形成诗歌建筑的美。

二、音乐美

建筑美的诗歌外形下，也呈现出音乐美的内在流动。在整齐的诗形中又富含变化，而这种变化是由诗歌的韵式变化和句式变化而带来诗节内在形式的多样化。如诗歌的第一节就是押aba韵，这就造成整首诗歌错落有致，朗朗上口，具有内在的流动力量。但这种押韵，又随着诗人的感情起伏和内容的变化而自然形成。这样，语言的节奏也与诗人的思想感情、作品内容相协调，音乐美也就自然而然地散发出来。梁从诫谈到林徽因诗的韵律时说，“她的诗本来就讲求韵律，比较‘上口’，由她自己读出，那声音真是如歌”。在句式上，诗歌不满足于单一的表达形式，力求创新和变化。例如诗歌的第三节，句式发生变化，由“你是……”变成了“……你是”，这就避免了表达上的单一和呆板，富有跳跃感和音乐性，充满了四月天的生命律动，这样诗歌流动的内在情感也就跃然于纸上。诗人的内在情绪巧妙地融入富有音乐质感的诗歌中，使得全诗充满了音乐之美。

三、绘画美

在音乐美的流动中，诗歌如一幅生动的画卷展现在我们的眼前。开篇“我说你是人间的四月天”是爱的宣告，“四月天“这一富有灵感、梦幻、温暖的意象，首先给予读者以丰富的遐想和视觉感染力。紧接着是“云烟”“星子”“细雨”“百花”“月圆”等典型性意象的自然组合，这样五个诗意的画面也映入我们的眼帘，依次是春光风舞图、风烟星语图、月夜花开图、雪后新绿图、花开燕语图，诗人的情感也随着画卷进一步地自然流露，实现情与景的完全交融，形成“诗中有画”的审美风貌。

林徽因的诗歌的语言风格继承了中国古典诗歌的清莹婉丽、典雅优美，同时也吸收了西方文学、建筑、美术的审美视角和风格，是在新的历史条件下一次中西方审美风格的融合。“主张本质的纯正、技巧的周密和格律的谨严”，诗人的建筑美、音乐美、绘画美的审美理念在诗歌创作过程中表现得淋漓尽致，对中国新诗的发展也具有独特的意义。

• 专题二：林徽因——《你是人间四月天》

林徽因的《你是人间四月天》中的代表作那一定就是《你是人间的四月天》这首诗了。对于这首诗，大家有人猜测是她写给她的初恋情人徐志摩的，也有人猜测说是她写给她的儿子的。可是，无论这首诗是写给谁的，我们都不能忽略诗中的温情脉脉，忽略不了这首诗如四月的微风，徐徐地吹进人的心间……从诗看人，作者林徽因应该是怎样的一个形象呢？尝试写出来。

林徽因，你是人间四月天

“我说你是人间的四月天；笑响点亮了四面风；轻灵在春的光艳中交舞着变。你是四月早天里的云烟，黄昏吹着风的软，星子在无意中闪，细雨点洒在花前。那轻，那聘婷，你是，鲜妍百花的冠冕你戴着，你是天真，庄严，你是夜夜的圆月……”

这是一首多美的诗，我思。又是哪个如此伟大的人儿写下，字里行间含情脉脉的诗句，我为之臣服。细雨点洒在花前，你形象描在心间。

这是一个委婉柔情的江南城市，烟雨蒙蒙，湖水荡漾，岸边垂柳愈发亮绿，在风情万种的城市里淡淡梳妆。在一百多年前的这里，曾诞下一个娇小的女婴，她继承了杭州城的清新朴素，柔美大方，她的名字也是这么美——林徽因。

之前阅书太少，从不知道有这样一个女子。只在一次偶然，读完了她的一生。放下书后，我陷入无限长的思量，感触万千，虽没见过她的模样，但一个端庄贤淑的形象跃然心上。这究竟是一个怎样奇特又富有魅力的女子啊！

林徽因美丽、柔情，才让许多人一见倾心。她被徐志摩怀想了一生；她被梁思成宠爱了一生；她被学界泰斗金岳霖守护了一生，甘愿为她，终生不娶；她更是被世间爱慕了一生。林徽因似一朵白色的荷花，出淤泥而不染，轻轻摇曳在花池中央。徐志摩的《再别康桥》就是为她所作，令人羡慕又不禁叹服！林徽因是个理性的人，她不会被感性冲昏了大脑。她知道，玫瑰和面包，她应选后者。玫瑰虽然浪漫，却也只是风花雪月，而只有面包才可以一直长久。林徽因毅然与徐志摩结束，去寻找她的“面包”。林徽因的果断、理智何尝不让我叹服！

林徽因在建筑方面的影响也是不可磨灭的。受伦敦房东女建筑师的影响，她立下了攻读建筑学的志向。她学成归来，与梁思成共同走了中国的15个省，200多个县，考察测绘了200多处古建筑物。林徽因在建筑学术论文和调查报告中，用诗一般的语言描绘了祖国古建筑的精湛、辉煌。林徽因为建筑做出的贡献受到了人们的肯定。作为中国第一位女性建筑学家，林徽因参与过国徽设计，改造过传统景泰蓝，参加过天安门人民英雄纪念碑设计。林徽因的无私奉献、敬业何尝不让我叹服！

林徽因被誉为中国一代才女，也是当仁不让的。因为结识了徐志摩，她对新诗产生了浓厚的兴趣。在北京，她常常参加新月社举办的文艺活动。在泰戈尔访华之时，林徽因与徐志摩一起陪同，在《齐德拉》中饰演主角，给文艺界留下深刻的印象。就连晚年到香山养病时也不忘创作，保持着对文学的一种令人敬畏的热情。林徽因的才华、文理兼通何尝不让我叹服！

林徽因成就斐然，她几乎标志了一个时代的颜色，出众的才倾城的貌，情感生活也像一个春天的童话，幸福而浪漫。

“……雪化后那片鹅黄，你像；新鲜初芽的绿，你是；柔嫩喜悦水光浮动着你梦中期待的白莲。你是一树一树的花开，是燕在梁间呢喃，——你是爱，是暖，是希望。你是人间的四月天！”

你何尝不是人间的四月天？

那一晚我的船推出了河心，
澄蓝的天上托着密密的星。
那一晚你的手牵着我的手，
迷惘的星夜封锁起重愁。

黄水塘里游着白鸭，
高粱梗油青的刚高过头，
这跳动的心怎样安插，
田里一窄条路，八月里这忧愁？

黑夜天空上只一片渺茫；
整宇宙星斗那里闪亮，
远距离光明如无边海面，
是每小粒晶莹，给了你方向。

目录 CONTENTS

“谁爱这不息的变幻”

名师导读

这首诗写于一九三一年初。当时林徽因染肺病不得不离家到北京郊外的香山养病。在此期间，林徽因经历了疾病缠身，与亲人分离，独自承受病痛等阶段，最终创作出这首表面看似极具悲观色彩实则蕴含积极能量的作品。

谁爱这不息的变幻，她的行径？
催一阵急雨，抹一天云霞，月亮，
星光，日影，在在都是她的花样，
更不容峰峦与江海偷一刻安定。
骄傲的，她奉着那荒唐的使命：
看花放蕊树凋零，娇娃做了娘；
叫河流凝成冰雪，天地变了相；
都市喧哗，再寂成广漠的夜静！
虽说千万年在她掌握中操纵，
她不曾遗忘一丝毫发的卑微。
难怪她笑永恒是人们造的谎，
来抚慰恋爱的消失，死亡的痛。
但谁又能参透这幻化的轮回，
谁又大胆的爱过这伟大的变幻？

名师点评

这首诗是说万事万物都在变化之中，永恒不变是不存在的。这其实是一个哲学命题，诗人给以了形象的艺术表达。当然，如果理解成这是一首爱情诗，是写一个女子可爱的调皮，也未尝不可。

思考探究

变幻，是一个抽象名词，但作者在诗歌中赋予了它人的性情，人的行为，让其变得具体、生动、形象。试问：作者使用了这种修辞手法的好处是什么？

阅读鉴赏

“不息的变幻”可以指急雨、云霞、月亮、星光、日影等令人捉摸不透，丝毫不受人类操控。世界万物，都是在不断变换的，没有所谓的永恒！林徽因用“但谁又能参透这幻化的轮回，谁又大胆的爱过这伟大的变幻？”这两句鼓励我们去爱，旨在告诉我们正因为变化是唯一不变的真理，人们才更应该在变化中积极进取。

延伸开来，生命亦是如此。我们无法拒绝生命，无法控制生命，更不能轻视生命，拥有生命，就拥有了责任。无论我们的生命是长久或者是短暂，我们都要用无限大的勇气和胸襟去拥抱这“伟大”的生命。

知识拓展

轮回

轮回，即指“生死轮回”。轮回理论是古印度文化的基本理论之一，这一理论源自婆罗门教。后佛教又将众生世间的生死流转变化分为欲界、色界、无色界三种，统称为三界。居住在欲界的众生，从下往上，又可分为“六道”。此“六道”分别是三善道为天人道、人间道、修罗道；三恶道为畜生道、饿鬼道、地狱道，也就是所谓的“六道轮回”。

考题链接

仿照下面的句子，再写两个句子，使整个语段成排比句。

倘若我是跋涉千里的夜行者，母亲必是那重重夜幕里一盏温柔的灯光，远远地为我亮着，轻唤我迟疑的脚步；____________，____________，____________，____________；____________，____________，____________，____________。

那一晚

名师导读

《那一晚》写于1931年，为追忆10年前与徐志摩在伦敦经济学院的初次相遇所作。林徽因与徐志摩有过一段轰轰烈烈的爱情，那么林徽因在10年后写这首诗，要倾诉的是一种什么样的情感呢？只有细细品读，慢慢品味，方能知道诗中的韵味。

那一晚我的船推出了河心，
澄蓝的天上托着密密的星。
那一晚你的手牵着我的手，
迷惘的星夜封锁起重愁。
那一晚你和我分定了方向，
两人各认取个生活的模样。

到如今我的船仍然在海面飘，
细弱的桅杆常在风涛里摇。
到如今太阳只在我背后徘徊，
层层的阴影留守在我周围。

名师点评

两个人因观点不同而分手，可到后来，“我”才发现自己错了，全错了。于是想握手言和。

思考探究

就每一小节而言，作者使用了什么修辞手法？第二小节中“我的船仍然在海面飘”，怎么理解？

到如今我还记着那一晚的天，
星光、眼泪、白茫茫的江边！
到如今我还想念你岸上的耕种：
红花儿黄花儿朵朵的生动。

那一天我希望要走到了顶层，
蜜一般酿出那记忆的滋润。
那一天我要挎上带羽翼的箭，
望着你花园里射一个满弦。
那一天你要听到鸟般的歌唱，
那便是我静候着你的赞赏。
那一天你要看到零乱的花影，
那便是我私闯入当年的边境！

阅读鉴赏

这首诗以“那一晚”点题开篇，连续出现3次，引出3个片断。用排比的手法，又用动词“托着”“牵着”“推出”“封锁”“分定”“认取”等写出了两人相悦、遇阻、分手的过程。接着，以四个“到如今”的平行式结构，写出了两人之后又是怎样。再次的转折则出现在四个“那一天”上，“那一天”表明由缅怀过去转向未来，引出全诗的高潮。全诗情感细腻，真挚婉约，音乐感强。

仍然

你舒伸得像一湖水向着晴空里
白云，又像是一流冷涧澄清
许我循着林岸穷究你的泉源：
我却仍然怀抱着百般的疑心
对你的每一个映影！

你展开像个千瓣的花朵！
鲜妍是你的每一瓣，更有芳沁，
那温存袭人的花气，伴着晚凉：
我说花儿，这正是春的捉弄人，
来偷取人们的痴情！

你又学叶叶的书篇随风吹展，
揭示你的每一个深思；每一角心境，
你的眼睛望着，我，不断的在说话：

我却仍然没有回答，一片的沉静
永远守住我的魂灵。

名师点评

“你”是那么美，充满无穷魅力，可“我”依旧保持戒心，不为所动，表现了“我”的坚定。

思考探究

写一个人的魅力，用比喻，且是用多个比喻，也就是从不同角度切入选择喻体。请找出本诗所用比喻，仔细体味。

名师点评

林徽因虽为一个弱女子，也有其刚强的一面，这首诗将其展露出来。这让人想起了南宋词人李清照的诗“生当作人杰，死亦为鬼雄；如今思项羽，不肯过江东”。

思考探究

激情和想象是诗歌的双翼。这首诗的后半部分想象极为丰富，试找出相关语句，有感情的朗读，看作者是怎样展开丰富的想象的。

激昂

我要借这一时的豪放
和从容，灵魂清醒的
再喝一泉甘甜的鲜露，
来挥动思想的利剑，
舞它那一瞥最敏锐的
锋芒，像皑皑塞野的雪
在月的寒光下闪映，
喷吐冷激的辉艳；——斩，
斩断这时间的缠绵，
和猥琐网布的纠纷，
剖取一个无瑕的透明，
看一次你，纯美，
你的裸露的庄严。
……
然后踩登
任一座高峰，攀牵着白云
和锦样的霞光，跨一条
长虹，瞰临着澎湃的海，
在一穹匀净的澄蓝里，

书写我的惊讶与欢欣，
献出我最热的一滴眼泪，
我的信仰，至诚，和爱的力量，
永远膜拜，
膜拜在你美的面前！

笑

笑的是她的眼睛，口唇，
和唇边浑圆的漩涡。
艳丽如同露珠，
朵朵的笑向
贝齿的闪光里躲。
那是笑——神的笑，美的笑：
水的映影，风的轻歌。

笑的是她惺松的鬈发
散乱的挨着她耳朵。
轻软如同花影，
痒痒的甜蜜
涌进了你的心窝。
那是笑——诗的笑，画的笑：
云的留痕，浪的柔波。

名师点评

据说这是作者写给其女儿的诗歌。在作者的笔下，其女儿是多么美啊！

名师点评

这首诗不仅内容美，而且形式也美。形式美，一是体现在句式上，诗歌共两小节，两小节的诗句讲究对称的美；二是体现在音韵上，全诗押o韵，读来朗朗上口。

深夜里听到乐声

这一定又是你的手指，
轻弹着，
在这深夜，稠密的悲思；

我不禁颊边泛上了红，
静听着，
这深夜里弦子的生动。

一声听从我心底穿过，
忒凄凉
我懂得，但我怎能应和？

生命早描定她的式样，
太薄弱
是人们的美丽的想象。

除非在梦里有这么一天，
你和我
同来攀动那根希望的弦。

思考探究

“你”和“我”是什么关系？“是不是“你”“悲思”的对象是“我”？如果不是，为什么“我不禁颊边泛上了红”？这些作者都不说破，留给我们读者去思考，这其实是给我们留下了想象的空间，思考的余地。

思考探究

这首诗有意境，有抒情主人公的形象，想一想，作者是怎样描绘意境及塑造抒情主人公形象的？

情愿

我情愿化成一片落叶，
让风吹雨打到处飘零；
或流云一朵，在澄蓝天，
和大地再没有些牵连。

但抱紧那伤心的标帜，
去触遇没着落的怅惘；
在黄昏，夜半，蹑着脚走，
全是空虚，再莫有温柔；

忘掉曾有这世界；有你；
哀悼谁又曾有过爱恋；
落花似的落尽，忘了去
这些个泪点里的情绪。

到那天一切都不存留，
比一闪光，一息风更少
痕迹，你也要忘掉了我
曾经在这世界里活过。

思考探究

人生在世，有情绪好的时候，也有情绪低落的时候，甚至有悲观厌世的时候。喜欢用诗歌抒情的诗人，不论何时，都会用文字凝固感情。那你喜欢用什么方式发泄情绪呢？

名师点评

诗人情绪坏到了极点，于是情愿“化成一片落叶/让风吹雨打到处飘零”，情愿化成“流云一朵，在澄蓝天/和大地再没有些牵连”。

桃花

桃花，
那一树的嫣红，
像是春说的一句话：
朵朵露凝的娇艳，
是一些
玲珑的字眼，
一瓣瓣的光致，
又是些
柔的匀的吐息；
含着笑，
在有意无意间
生姿的顾盼。
看，——
那一颤动在微风里
她又留下，淡淡的，
在三月的薄唇边，
一瞥，
一瞥多情的痕迹！

名师点评

多美啊！桃花美，但诗人笔下的桃花，比现实生活中的桃花还要美，因为这是诗人运用了比喻等修辞手法将桃花诗化、美化了。

思考探究

“三月”是一抽象名词，但到了诗人那里，便变得具体形象生动了。诗人使用了什么语言魔术呢？请思考。

莲灯

名师点评

作者用象征的手法，将自己的心比作莲花，点明立旨：即使个体十分渺小，也要活出自己的灿烂，表现了作者对顽强生命的渴望与赞美。

如果我的心是一朵莲花，
正中擎出一支点亮的蜡，
荧荧虽则单是那一剪光，
我也要它骄傲的捧出辉煌；
不怕它只是我个人的莲灯
照不见前后崎岖的人生——
浮沉它依附着人海的浪涛
明暗自成了它内心的秘奥。
单是那光一闪花一朵——
像一叶轻舸驶出了江河——
宛转它漂随命运的波涌
等候那阵阵风向远处推送。
算做一次过客在宇宙里，
认识这玲珑的生从容的死，
这飘忽的途程也就是个——
也就是个美丽美丽的梦。

思考探究

这里的“江河”是指自然的江河吗？应该怎么理解？

中夜钟声

钟声
敛住又敲散
一街的荒凉
听——
那圆的一颗颗声响
直沉下时间
静寂的
咽喉。
像哭泣，
像哀恸，
将这僵黑的
中夜
葬入
那永不见曙星的
空洞——

轻——重，……
——重——轻……
这摇曳的一声声，

名师点评

写钟声“敛住又敲散/一街的荒凉”，其中的“敛住”与“敲散”用得有味道，用“敛住”与“敲散”，“荒凉”也就具体可感了。

思考探究

“那圆的一颗颗声响”，“声响”有悠扬之说，有沉闷之说，现在作者却说是“圆”的，这是为什么呢？结尾引出“还不成梦的人”，目的又何在？

又凭谁的主意
把那余剩的忧惶
随着风冷——
纷纷
掷给还不成梦的
人。

山中一个夏夜

山中有一个夏夜，深得
像没有底一样；
黑影，松林密密的；
周围没有点光亮。
对山闪着只一盏灯——两盏
像夜的眼，夜的眼在看！

满山的风全蹑着脚
像是走路一样
躲过了各处的枝叶
各处的草，不响。
单是流水，不断的在山谷上
石头的心，石头的口在唱。

均匀的一片静，罩下
像张软垂的幔帐。
疑问不见了，四角里
模糊，是梦在窥探？
夜像在祈祷，无声的在期望，
幽馥的虔诚在无声里布漫。

名师点评

诗人在一、二小节写山中夏夜之暗之静，都用了衬托手法。第二小节中将“风”拟人化，形象生动且新颖，让人感觉耳目一新。

微光

街上没有光，没有灯，
店廊上一角挂着有一盏；
他和她把他们一家的运命
含糊的，全数交给这黯淡。

街上没有光，没有灯，
店窗上，斜角，照着有半盏。
合家大小朴实的脑袋，
并排儿，熟睡在土炕上。

外边有雪夜；有泥泞；
沙锅里有不够明日的米粮；
小屋，静守住这微光，
缺乏着生活上需要的各样。

缺的是把干柴；是杯水；麦面……
为这吃的喝的，本说不到信仰，——
生活已然，固定的，单靠气力，
在肩臂上边，来支持那生的胆量。

名师点评

通过描绘店里的场景，表现了作者对民生疾苦的关心。笔墨简练，却蕴含着动人的力量，因为那盏灯的光，是在泥泞路上行走的人的一点温暖希望，也是作者一家的希望，更是劳苦大众的希望。

明天，又明天，又明天……
一切都限定了，谁还说希望，——
便使是做梦，在梦里，闪着，
仍旧是这一粒孤勇的光亮？

街角里有盏灯，有点光，
挂在店廊；照在窗槛；
他和她，把他们一家的运命
明白的，全数交给这凄惨。

思考探究

“街上没有光，没有灯”，在第一小节和第二小节的第一行两次出现，属于反复手法的运用。作者运用反复手法的目的是什么？第四小节中的“一切都限定了，谁还说希望”，是什么意思？

秋天，这秋天

名师导读

此诗作于1933年11月中旬，是林徽因为了纪念徐志摩飞机失事两周年而作的。秋天，在人们的眼中，带有浓重的悲伤色彩。秋天的寂寥，总会感染人的情绪。那么，这首本身就带有悲伤背景的诗，读起来会给人什么样的感受呢？作者又借着这首诗表达出了什么感情呢？

这是秋天，秋天，——
风还该是温软；
太阳仍笑着那微笑，
闪着金银；夸耀
他实在无多了的
最奢侈的早晚！
这里那里，在这秋天，
斑彩错置到各处
山野，和枝叶中间，
像醉了的蝴蝶，或是
珊瑚珠翠，华贵的失散，
缤纷降落到地面上。

这时候心得像歌曲；
由山泉的水光里闪动，
浮出珠沫，溅开
山石的喉嗓唱。
这时候满腔的热情
全是你的，秋天懂得，
秋天懂得那狂放，——
秋天爱的是那不经意
不经意的零乱！

但是秋天，这秋天，
他撑着梦一般的喜筵，
不为的是你的欢欣：
他撒开手，一掬璎珞，
一把落花似的幻变，
还为的是那不定的
悲哀，归根儿蒂结住
在这人生的中心！
一阵萧萧的风，起自
昨夜西窗的外沿，
摇着梧桐树哭。——
起始你怀疑着：
荷叶还没有残败；
小划子停在水流中间；
夏夜的细语，夹着虫鸣，
还信得过仍然偎着

名师点评

作者写的是自然的秋天，但又何尝不是人生的秋天。作者借景抒情，运用拟人的修辞手法，让秋天变成了“他”，同时运用比喻和通感的修辞手法，让读者置身诗境，表达了作者对朋友的痛悼。

耳朵旁温甜；
但是梧桐叶带来桂花香，
已打到灯盏的光前。
一切都两样了，他闪一闪说，
只要一夜的风，一夜的幻变。

冷雾迷住我的两眼，
在这样的深秋里，
你又同谁争？现实的背面
是不是现实，荒诞的，
果属不可信的虚妄？
疑问抵不住单简的残酷，
再别要悯惜流血的哀惶，
趁一次里，要认清
造物更是摧毁的工匠。
信仰只一细柱香，
那点子亮再经不起西风
沙沙的隔着梧桐树吹！
如果你忘不掉，忘不掉
那同听过的鸟啼；
同看过的花好，信仰
该在过往的中间安睡。……
秋天的骄傲是果实，
不是萌芽，——生命不容你
不献出你积累的馨芳；
交出受过光热的每一层颜色；

思考探究

在此诗中，秋天人格化了，所以具体形象。不仅是秋天，风也是这样，所以诗人写道：“一阵萧萧的风，起自/昨夜西窗的外沿/摇着梧桐树哭。”另外，此诗中的许多诗句富有哲理，比如“秋天的骄傲是果实，不是萌芽，——生命不容你/不献出你积累的馨芳”，也值得咀嚼回味。这样的诗句，本诗中不少，请再找出几句，给以欣赏。

点点沥尽你最难堪的酸怆。
这时候，
切不用哭泣；或是呼唤；
更用不着闭上眼祈祷；
（向着将来的将来空等盼）；
只要低低的，在静里，低下去
已困倦的头来承受，——承受
这叶落了的秋天，
听风扯紧了弦索自歌挽：
这秋，这夜，这惨的变换！

阅读鉴赏

这首诗是一首典型的借景抒情的诗。这首诗可以分成两部分，一部分借景回忆当初与徐志摩相识、相恋，怀念那时的满腔热情和爱。第二部分则借着景色写出了作者因徐志摩去世而感伤，表现了作者变幻莫测的伤感。她由景想到现实的虚妄、残酷，可信仰是实现，不是产生，所以要坦然地面对现实，默默地“承受”，又表达出了作者的达观精神。

年关

那里来，又向那里去，
这不断，不断的行人，
奔波杂的，这车马？
红的灯光，绿的紫的，
织成了这可怕，还是
可爱的夜？高的楼影
渺茫天上，都象征些
什么现象？这噪聒中
为什么又凝着这沉静，
这热闹里，会是凄凉？
这是年关，年关，有人
由街头走着，估计着，
孤另的影子斜映着。
一年，又是一年辛苦，
一盘子算珠的艰和难。
日中你敛住气，夜里
你喘，一条街，一条街，
跟着太阳灯光往返，——
人和人，好比水在流，

名师点评

年关，对穷人来说，过年如过关隘。因为要过年了，要债的也来了。作者用写实的手法，描绘了年关的情景，写出了人民生活的艰辛，充满同情。

人是水，两旁楼是山！
一年，一年，
连年里，这穿过城市
胸腑的辛苦，成千万，
成千万人流的血汗，
才会造成了像今夜
这神奇可怕的灿烂！
看，街心里横一道影
灯盏上开着血印的花
夜在凉雾和尘沙中
进展，展进，许多口里
在喘着年关，年关……

思考探究

这首诗，好些句子给人留下了想象的余地，比如“人是水，两旁楼是山”，读后我们会想到，道路就是谷底，或者说是河床。好些词语用得形象传神，比如“许多口里/在喘着年关，年关……”中的“喘”字。试再找些这样的句子和词语，揣摩其妙处所在。

你是人间的四月天
——一句爱的赞颂

名师导读

四月，一个春意盎然的月份，是春天中的最好时光。在这样的季节里，作者写下这首诗，写出这个时候的心情，写出这个时候的爱。这个季节有什么样的春景呢？作者将这样的春景比作“你”，那么“你”在作者心中有着怎样的美好？细细品读吧！

我说你是人间的四月天；
笑响点亮了四面风；轻灵
在春的光艳中交舞着变。

你是四月早天里的云烟，
黄昏吹着风的软，星子在
无意中闪，细雨点洒在花前。

那轻，那娉婷，你是，鲜妍

名师点评

这首诗从头至尾洋溢着喜悦之情，赞美之情。据说，这是诗人的儿子出生后，诗人写给儿子的诗。如果是这样，也就容易理解了。孩子是爱情的结晶，哪一个孩子不是母亲眼中最美的？这首诗将“你”比作人间的四月天，之后扩展开来，用四月里天地间拥有的美好事物做喻体，自然能够写得精彩绝伦。

百花的冠冕你戴着，你是
天真，庄严，你是夜夜的月圆。

雪化后那片鹅黄，你像；新鲜
初放芽的绿，你是；柔嫩喜悦
水光浮动着你梦期待中白莲。

你是一树一树的花开，是燕
在梁间呢喃，——你是爱，是暖，
是希望，你是人间的四月天！

思考探究

结尾句“是希望，你是人间的四月天”，后来，作者将“希望”改作了“诗的一篇”。为什么这么修改呢？试探究原因。

阅读鉴赏

《你是人间的四月天》这首诗的美不仅体现在内容的纯净，意境的优美，而且还体现在语言的华美，形式的成熟上。诗中的意境美，有“天然去雕饰”的纯净美，在华美的修饰中，凸显出感情的自然，使整个画风清新、舒畅。在形式上，这首诗兼具了音乐美、绘画美、建筑美，充分体现出了新月诗派的诗美原则。

知识拓展

徐志摩

徐志摩（1897—1931），浙江海宁人，中国著名新月派现代诗人、散文家，是新月诗社成员。倡导新诗格律，对中国新诗的发展做出了重要的贡献。1918 年赴美国学习银行学。1921 年赴英国留学，入剑桥大学当特别生，研究政治经济学，在剑桥两年深受西方教育的熏陶及欧美浪漫主义和唯美派诗人的影响，在那里，他与才女林徽因有过一段轰轰烈烈的爱情，他们的爱情至今仍被青少年们所赞颂。1931 年 11 月 19 日上午 8 时，徐志摩乘中国航空公司“济南”号飞机由南京飞往北平途中坠机去世。

考题链接

一、选择题

下列关于这首诗的分析有误的一项是（　　）

A. 那“月圆”的“庄严”与“天真”，显出爱的深刻与厚重、纯朴与大气，揭示了爱的内涵与真谛。

B. 在形式上，这首诗采用新新月派的诗美原则：讲求格律的和谐、语言的雕塑和音律的乐感。

C. 第四节写“鹅黄”“绿”“白”等颜色，是借对方写自己，流露出爱的缠绵。

D. 诗中采用重重叠叠的比喻，意向美丽而无雕饰之嫌，反而愈加衬托出诗歌的纯净意境——在华美的修饰中更见清新自然的感情流露。

二、微写作

这首诗给人的感觉很美，不管是音乐感、意象，还是句式、情感，都有独特的美感。你认为它美在哪里？请任选一个角度简要赏析，40 字左右。

忆

新年等在窗外，一缕香，
枝上刚放出一半朵红。
心在转，你曾说过的
几句话，白鸽似的盘旋。

我不曾忘，也不能忘
那天的天澄清的透蓝，
太阳带点暖，斜照在
每棵树梢头，像凤凰。

是你在笑，仰脸望，
多少勇敢话那天，你我
全说了，——像张风筝
向蓝穹，凭一线力量。

名师点评

题目是“忆”，忆的是与朋友的一次会面，会面时的天气，对会面时朋友的举止都有描写，更为重要的是写出了朋友的话的分量，写出了二人都向对方的心灵迈出了勇敢的一步。

思考探究

话语，能够听得到，但看不不到，但在诗人笔下，则是“你曾说过的 / 几句话，白鸽似的盘旋”，话语也有了形象。这是为什么呢？

吊玮德[1]

玮德，是不是那样，
你觉到乏了，有点儿
不耐烦，
并不为别的缘故
你就走了，
向着那一条路？

玮德你真是聪明；
早早的让花开过了
那顶鲜妍的几朵，
就选个这样春天的清晨，
挥一挥袖
对着晓天的烟霞
走去，轻轻的，轻轻的
背向着我们。
春风似的不再停住！

名师点评

用与对方谈话的形式来写，别具一格。

①玮德，即方玮德，是一位新月诗人，也是林徽因的好友，玮德先生于1935年因为肺病在北平医院病逝，林徽因听闻后十分悲伤，便作了此诗以凭吊。

春风似的吹过，
你却留下
永远的那么一颗
少年人的信心；
少年的微笑
和悦的
洒落在别人的新枝上。
我们骄傲
你这骄傲
但你，玮德，独不惆怅
我们这一片
懦弱的悲伤？

黯淡是这人间
美丽不常走来
你知道。
歌声如果有，也只在
几个唇边旋转！
一层一层尘埃，
凄怆是各样的安排，
即使狂飚不起，狂飚不起，
这远近苍茫，
雾里狼烟，
谁还看见花开！

你走了，
你也走了，

思考探究

“我们骄傲/你这骄傲”，怎么理解呢？

名师点评

“这远近苍茫/雾里狼烟/谁还看见花开！”这三句充满悲愤，矛头直指当时的黑暗社会。

尽走了，再带着去
那些儿馨芳，
那些个嘹亮，
明天再明天，此后
寂寞的平凡中
都让谁来支持？
一星星理想，难道
从此都空挂到天上？

名师点评

用“天方放晓，钟刚敲响”做喻体，说明玮德年轻，才华初露，形象而含蓄。

玮德你真是个诗人
你是这般年轻，好像
天方放晓，钟刚敲响……
你却说倦了，有点儿
不耐烦忍心，
一条虹桥由中间拆断；
情愿听杜鹃啼唱，
相信有明月长照，
寒光水底能依稀映成
那一半连环
憬憧中
你诗人的希望！

名师点评

用散句，也用整句，交叉使用。用散句活泼，用整句给人整齐的美，也更富有节奏感。可谓整齐中求变化，变化中求整齐。

玮德是不是那样
你觉得乏了，人间的怅惘
你不管；
莲叶上笑着展开
浮烟似的诗人的脚步。
你只相信天外那一条路？

城楼上

你说什么？
鸭子，太阳，
城墙下那护城河？
——我？
我在想，
——不是不在听——
想怎样
从前，……
对了，
也是秋天！

你也曾去过，
你？那小树林？
还记得么；
山窝，红叶像火？
映影
湖心里倒浸，
那静？
天！……

名师点评

将口语融入诗歌，打破了诗歌的典雅传统，显得平易近人。

（今天的多蓝，你看！）
白云，
像一缕烟。

谁又啰嗦？
你爱这里城墙，
古墓，长歌，
蔓草里开野花朵。
好，我不再讲
从前的，单想
我们在古城楼上
今天，——
白鸽，
（你准知道是白鸽？）
飞过面前。

思考探究

开头是“你”，闭口也是“你”，这样写出的诗歌有什么好处？不仅写在城楼上所说所见，而是写所想，从而写到过往，这样写的好处是什么？

深笑

是谁笑得那样甜，那样深，
那样圆转？一串一串明珠
大小闪着光亮，迸出天真！
清泉底浮动，泛流到水面上，
灿烂，
分散！

是谁笑得好花儿开了一朵？
那样轻盈，不惊起谁。
细香无意中，随着风过，
拂在短墙，丝丝在斜阳前
挂着
留恋。

是谁笑成这百层塔高耸，
让不知名鸟雀来盘旋？是谁
笑成这万千个风铃的转动，
从每一层琉璃的檐边
摇上
云天？

名师点评

每一小节都是用“是谁”开头，具有极强的抒情性，而每一小节比喻的巧妙选择和运用，更是写出了“笑”的魅力。

思考探究

每一节倒数一二行，都是两个字。作者这样排列诗句，从朗读方面来说，有什么妙处呢？

风筝

看，那一点美丽
会闪到天空！
几片颜色，
挟住双翅，
心，缀一串红。

飘摇，它高高的去，
逍遥在太阳边
太空里闪
一小片脸，
但是不，你别错看了
错看了它的力量，
天地间认得方向！
它只是
轻的一片，
一点子美
像是希望，又像是梦；
一长根丝牵住
天穹，渺茫——

思考探究

我们也常在春天放风筝，可如果要我们以“风筝”为题写一首诗，我们会怎么写呢？

名师点评

诗人笔下的风筝，已经不仅仅是自然界天空中的风筝，它具有了人的思想和性格，比如认得方向，比如具有自知之明等。

高高推着它舞去，
白云般飞动，
它也猜透了不是自己，
它知道，知道是风！

别丢掉

别丢掉
这一把过往的热情，
现在流水似的，
轻轻
在幽冷的山泉底，
在黑夜，在松林，
叹息似的渺茫，
你仍要保存着那真！
一样是月明，
一样是隔山灯火，
满天的星，
只使人不见，
梦似的挂起，
你问黑夜要回
那一句话——你仍得相信
山谷中留着
有那回音！

名师点评

这首诗可以看作诗人的自我对话与诘问，也可以看作诗人与亡灵的对话与交流。字里行间蕴含着作者对死者的思念之情。

思考探究

诗歌末尾三句，是什么意思呢？

雨后天

我爱这雨后天，
这平原的青草一片！
我的心没底止的跟着风吹，
风吹：
吹远了草香，落叶，
吹远了一缕云，像烟——
像烟。

思考探究

想一想，雨后，野外有什么？然后读诗，看诗人写了什么？看诗人什么没有写？作者为什么这样选材？

思考探究

“水面皱起像鱼鳞的锦”这样的比喻叫明喻，但还有一种偏正式暗喻，比如“记忆的梗上”，再比如“披着情绪的花”，写诗经常使用，需要引起我们的高度注意。试想一想，前面读过的诗中，是不是有这样的形式。

记忆

断续的曲子，最美或最温柔的
夜，带着一天的星。
记忆的梗上，谁不有
两三朵娉婷，披着情绪的花
无名的展开
野荷的香馥，
每一瓣静处的月明。

湖上风吹过，额发乱了，或是
水面皱起像鱼鳞的锦。
四面里的辽阔，如同梦
荡漾着中心彷徨的过往
不着痕迹，谁都
认识那图画，
沉在水底记忆的倒影！

静院

你说这院子深深的——
美从不是现成的。
这一掬静，
到了夜，你算，
就需要多少铺张？
月圆了残，叫卖声远了，
隔过老杨柳，一道墙，又转，
初一？凑巧谁又在烧香，……
离离落落的满院子，
不定是神仙走过，
仅是迷惘，像梦，……
窗槛外或者是暗的，
或透那么一点灯火。

这掬静，院子深深的
——有人也叫它做情绪——
情绪，好，你指点看
有不有轻风，轻得那样
没有声响，吹着凉？

思考探究

本诗标题是“静院”，写院子该扣住“静”来写。试在诵读全诗的基础上，想一想是作者怎样来写“静”的。

名师点评

“这掬静”，“掬”字用得好！“静”本来是看不见，摸不着的，现在一用“掬”，也就具体可感，十分形象了。

黑的屋脊，自己的，人家的，
兽似的背耸着，又像
寂寞在嘶声的喊！
石阶，尽管沉默，你数，
多少层下去，下去，
是不是还得栏杆，斜斜的
双树的影去支撑？

对了，角落里边
还得有人低着头脸。
会忘掉又会记起，——会想，
——那不论——或者是
船去了，一片水，或是
小曲子唱得嘹亮；
或是枝头粉黄一朵，
记不得谁了，又向谁认错！
又是多少年前，——夏夜，
有人说：
“今夜，天，……”（也许是秋夜）
又穿过藤萝，
指着一边，小声的，“你看，
星子真多！”
草上人描着影子；
那样点头，走，
又有人笑，……

名师点评

“石阶，尽管沉默”，一用“沉默”这个写人的词语，也就赋予了“石阶”人的性格，从而使其具有了生命，成为诗歌语言。

静，真的，你可相信
这平铺的一片——
不单是月光，星河，
雪和萤虫也远——
夜，情绪，进展的音乐，
如果慢弹的手指
能轻似蝉翼，
你拆开来看，纷纭，
那玄微的细网
怎样深沉的拢住天地，
又怎样交织成
这细致飘渺的彷徨！

二十五年一月

思考探究

紧扣标题，再出现“静”字，呼应前文，突出中心。

名师点评

每小节都以“什么时候”开头，且在第三小节开头两次出现，这是反复手法的运用。运用反复，可以更好地抒发对往昔的怀念，此刻的愁苦和忧伤。

思考探究

诗人心中有所期盼，每一小节的期盼都不一样，试一一说来。

无题

什么时候再能有
那一片静；
溶溶在春风中立着，
面对着山，面对着小河流？

什么时候还能那样
满掬着希望；
披拂新绿，耳语似的诗思，
登上城楼，更听那一声钟响？

什么时候，又什么时候，心
才真能懂得
这时间的距离；山河的年岁；
昨天的静，钟声，
昨天的人
怎样又在今天里划下一道影！

二十五年春四月

题剔空菩提叶

认得这透明体，
智慧的叶子掉在人间？
消沉，慈静——
那一天一闪冷焰，
一叶无声的坠地，
仅证明了智慧寂寞
孤零的终会死在风前！
昨天又昨天，美
还逃不出时间的威严；
相信这里睡眠着最美丽的
骸骨，一丝魂魄月边留恋，——
…………
菩提树下清荫则是去年！

二十五年四月二十三日

名师点评

由“剔空菩提叶”，诗人想到了智慧的智慧，想到了美的寿命，表达了对生命易逝、美好难留的无奈叹息。

思考探究

最后一句的作用是什么？

黄昏过泰山

记得那天
心同一条长河，
让黄昏来临，
月一片挂在胸襟。
如同这青黛山，
今天，
心是孤傲的屏障一面；
葱郁，
不忘却晚霞，
苍莽，
却听脚下风起，
来了夜——

名师点评

比喻要新而不俗，本诗中的“心同一条长河”“心是孤傲的屏障一面”就是这样的比喻。诗要充满神奇的想象，比如本诗中的“让黄昏来临／月一片挂在胸襟”。有新而不俗，耐人寻味的比喻，有想象丰富的语句，这样的诗，自然是好诗。

昼梦

昼梦
垂着纱，
无从追寻那开始的情绪
还未曾开花；
柔韧得像一根
乳白色的茎，缠住
纱帐下；银光
有时映亮，去了又来；
盘盘丝路
一半失落在梦外。

花竟开了，开了；
零落的攒集，
从容的舒展，
一朵，那千百瓣！
抖擞那不可言喻的
刹那情绪，
庄严峰顶——
天上一颗星……

晕紫，深赤，

天空外旷碧，

是颜色同颜色浮溢，腾飞……

深沉，

又凝定——

悄然香馥，

袅娜一片静。

昼梦

垂着纱，

无从追踪的情绪

开了花；

四下里香深，

低覆着禅寂，

间或游丝似的摇移，

悠忽一重影；

悲哀或不悲哀

全是无名，

一闪僝停。

二十五年暑中北平

八月的忧愁

黄水塘里游着白鸭，
高粱梗油青的刚高过头，
这跳动的心怎样安插，
田里一窄条路，八月里这忧愁？

天是昨夜雨洗过的，山岗
照着太阳又留一片影；
羊跟着放羊的转进村庄，
一大棵树荫下罩着井，又像是心！

从没有人说过八月甚么话，
夏天过去了，也不到秋天。
但我望着田垄，土墙上的瓜，
仍不明白生活同梦怎样底连牵。

二十五年夏末

名师点评

作者采用情景交融的方式，描绘了一幅色彩多样而又富有层次的乡村夏景，映衬着淡淡的忧伤。

思考探究

为了押韵，作者将“牵连”，说成“连牵”，你认为合适吗？为什么？

思考探究

作者曾将此诗标题修改为“黄昏过杨柳”。你认为此诗用现在的标题好，还是用“黄昏过杨柳”好？为什么？

过杨柳

反复底在敲问心同心，
彩霞片片已烧成灰烬，
街的一头到另一条路，
同是个黄昏扑进尘土。

愁闷压住所有的新鲜，
奇怪街边此刻还看见，
混沌中浮出光妍的纷纠，
死色楼前垂一棵杨柳！

廿五年十月

冥思

此刻胸前同沙漠一样平，
思想像孤独的一个阿拉伯人；
仰脸孤独的向天际望
落日远边奇异的霞光，
安静的，又侧个耳朵听
远处一串骆驼的归铃。

在这白色的周遭中，
一切像凝冻的雕形不动：
白袍，腰刀，长长的头巾，
浪似的云天，沙漠上风！
偶有一点子振荡闪过天线，
残霞边一颗星子出现。

二十五年夏末

思考探究

首句“此刻胸前同沙漠一样平”，原来是“心此刻同沙漠一样平”。作者这样修改的依据是什么？

名师点评

落日、沙漠、骆驼、阿拉伯人、风、星子等意象，构成了一幅沙漠落日图，画面感极强，有声与无声，静与动分明又交相辉映，给读者深刻印象。

空想

终日的企盼企盼正无着落，——
太阳穿窗棂影，种种花样。
暮秋梦远，一首诗似的寂寞，
真怕看光影，花般洒在满墙。

日子悄悄的仅按沉吟的节奏，
尽打动简单曲，像钟摇响。
不是光不流动，花瓣子不点缀时候，
是心漏却忍耐，厌烦了这空想！

你来了

你来了，画里楼阁立在山边，
交响曲，由风到风，草青到天！
阳光投多少个方向，谁管？你，我
如同画里人，掉回头，便就不见！
你来了，花开到深深的深红，
绿萍遮住池塘上一层晓梦，
鸟唱着，树梢头织起细细枝柯——白云
却是我们，翻过好几重天空！

一九三四

“九一八”闲走

天上今早盖着两层灰，
地上一堆黄叶在徘徊，
惘惘的是我跟着凉风转，
荒街小巷，蛇鼠般追随！

我问秋天，秋天似也疑问我：
在这尘沙中又挣扎些什么，
黄雾扼住天的喉咙，
处处仅剩情绪的残破？

但我不信热血不仍在沸腾；
思想不仍铺在街上多少层；
甘心让来往车马狠命的轧压，
待从地面开花，另来一种完整。

（刊于一九三六年十二月《新诗》第三期）

名师点评

“九一八事变”是日本在中国东北蓄意制造并发动的一场侵华战争，是日本帝国主义侵华的开端。在“九一八事变”纪念日，诗人感受到的是环境的险恶，但即使这样，诗人仍坚信：拯救民族危难的热血仍在沸腾，抗日的思想坚定不移，未来的中国仍是充满光明。

思考探究

第二节三、四句什么含义？第三节第二句中的“铺”字用得好，好在哪里？

藤花前
——独过静心斋

紫藤花开了
轻轻的放着香，
没有人知道……

紫藤花开了
轻轻的放着香，
没有人知道。
楼不管，曲廊不作声，
蓝天里白云行去，
池子一脉静；
水面散着浮萍，
水底下挂着倒影。

紫藤花开了
没有人知道！
蓝天里白云行去，
小院，

名师点评

每一小节第一句都是“紫藤花开了”，也就是说，作者使用了反复手法。作者使用这种手法的目的是为了强化“紫藤花开了”在读者脑海中的形象，让其更突出，更鲜明。

思考探究

本诗中的紫藤花，仅仅是自然界的紫藤花吗？如果不是，那又是什么？

无意中我走到花前。
轻香，风吹过
花心，
风吹过我，——
望着无语，紫色点。

旅途中

我卷起一个包袱走，
过一个山坡子松，
又走过一个小庙门，
在早晨最早的一阵风中。
我心里没有埋怨，人或是神；
天底下的烦恼，连我的
拢总，
像已交给谁去，……

前面天空。
山中水那样清，
山前桥那么白净，——
我不知道造物者认不认得
自己图画；
乡下人的笠帽，草鞋，
乡下人的性情。

暑中在山东乡间步行二十五年夏

思考探究

这首诗读来朗朗上口，特有美感。反复朗读，仔细体味，然后回答：这是因为什么？

山中

紫色山头抱住红叶，将自己影射在山前，
人在小石桥上走过，渺小的追一点子想念。
高峰外云在深蓝天里镶白银色的光转，
用不着桥下黄叶，人在泉边，才记起夏天！

也不因一个人孤独的走路，路更蜿蜒，
短白墙房舍像画，仍画在山坳另一面，
只这丹红叶叶替代人记忆失落的层翠，
深浅围抱这同一个山头，惆怅如薄层烟。

山中斜长条青影，如今红萝乱在四面，
百万落叶火焰在寻觅山石荆草边，
当时黄月下共坐天真的青年人情话，相信
那三两句长短，星子般扔挂秋风里不变。

三六年秋

名师点评

全诗通过秋天与夏天的对比，“一个人的孤独”与“当时黄月下共坐天真的人”的对比，表达了对远逝的人的怀念之情。

静坐

冬有冬的来意，
寒冷像花，——
花有花香，冬有回忆一把。
一条枯枝影，青烟色的瘦细，
在午后的窗前拖过一笔画；
寒里日光淡了，渐斜……
就是那样底
像待客人说话
我在静沉中默啜着茶。

二十五年冬十一月

名师点评

这首诗语言很美。比如，“冬有回忆一把”，回忆用“把”，这样，回忆也就似乎具体可感了。比如言枯枝“在午后的窗前拖过一笔画”，一用比喻，也就有了美感。

红叶里的信念

年年不是要看西山的红叶，
谁敢看西山红叶？不是
要听异样的鸟鸣，停在
那一个静幽的树枝头，
是脚步不能自已的走——
走，迈向理想的山坳子
寻觅从未曾寻着的梦：
一茎梦里的花，一种香，
斜阳四处挂着，风吹动，
转过白云，小小一角高楼。

钟声已在脚下，松同松
并立着等候，山野已然
百般渲染豪侈的深秋。
梦在那里，你的一缕笑，
一句话，在云浪中寻遍
不知落到那一处？流水已经
渐渐的清寒，载着落叶
穿过空的石桥，白栏杆，

名师点评

“松同松/并立着等候”，不仅美在使用拟人，生动形象，而且美在别致的“松同松”造句。用“豪侈”修饰“深秋”，这该是怎样的“深秋”，不禁让人神往。

叫人不忍再看，红叶去年
同踏过的脚迹火一般。
好，抬头，这是高处，心卷起
随着那白云浮过苍茫，
别计算在那里驻脚，去，
相信千里外还有霞光，
像希望，记得那烟霞颜色，
就不为编织美丽的明天，
为此刻空的歌唱，空的
凄恻，空的缠绵，也该放
多一点勇敢，不怕连牵
斑驳金银般旧积的创伤！

再看红叶每年，山重复的
流血，山林，石头的心胸
从不倚借梦支撑，夜夜
风像利刃削过大土壤，
天亮时沉默焦灼的唇，
忍耐的仍向天蓝，呼唤
瓜果风霜中完成，呈光彩，
自己山头流血，变坟台！
平静，我的脚步，慢点儿去，
别相信谁曾安排下梦来！
一路上枯枝，鸟不曾唱，
小野草香风早不是春天。
停下！停下！风同云，水同

水藻全叫住我，说梦在
背后，蝴蝶秋千理想的
山坳同这当前现实的
石头子路还缺个牵连！
愈是山中奇妍的黄月光
挂出树尖，愈得相信梦，
梦里斜晖一茎花是谎！

但心不信！空虚的骄傲
秋风中旋转，心仍叫喊
理想的爱和美，同白云
角逐；同斜阳笑吻；同树，
同花，同香，乃至同秋虫
石隙中悲鸣，要携手去；
同奔跃嬉游水面的青蛙，
盲目的再去寻盲目日子，——
要现实的热情另涂图画，
要把满山红叶采作花！

这萧萧瑟瑟不断的呜咽，
掠过耳鬓也还卷着温存，
影子在秋光中摇曳，心再
不信光影外有串疑问！
心仍不信，只因是午后，
那片竹林子阳光穿过
照暖了石头，赤红小山坡，

影子长长两条，你同我
曾经参差耶亭子石路前，
浅碧波光老树干旁边！

生命中的谎再不能比这把
颜色更鲜艳！记得那一片
黄金天，珊瑚般玲珑叶子
秋风里挂，即使自己感觉
内心流血，又怎样个说话？
谁能问这美丽的后面
是什么？赌博时，眼闪亮，
从不悔那猛上孤注的力量；
都说任何苦痛去换任何一分，
一毫，一个纤微的理想！

所以脚步此刻仍在迈进，
不能自已，不能停！虽然山中
一万种颜色，一万次的变，
各种寂寞已环抱着孤影；
热的减成微温，温的又冷，
焦黄叶压踏在脚下碎裂，
残酷地散排昨天的细屑，
心却仍不问脚步为甚固执，
那寻不着的梦中路线，——
仍依恋指不出方向的一边！

西山，我发誓底，指着西山，
别忘记，今天你，我，红叶，
连成这一片血色的伤怆！
知道我的日子仅是匆促的
几天，如果明年你同红叶
再红成火焰，我却不见，……
深紫，你山头须要多添
一缕抑郁热情的象征，
记下我曾为这山中红叶，
今天流血地存一堆信念！

名师点评

与西山对话，并在结尾句点题，和标题照应，做到了结构严谨，中心突出。

十月独行

像个灵魂失落在街边，
我望着十月天上十月的脸，
我向雾里黑影上涂热情
悄悄的看一团流动的月圆。

我也看人流着流着过去，来回
黑影中冲着波浪翻星点
我数桥上栏杆龙样头尾
像坐一条寂寞船，自己拉纤。

我像哭，像自语，我更自己抱歉！
自己焦心，同情，一把心紧似琴弦，——
我说哑的，哑的琴我知道，一出曲子
未唱，幻望的手指终未来在上面？

名师点评

独行的什么？是自己孤独的心灵！诗人一句“像坐一条寂寞船，自己拉纤”，不仅形象地表现了这个意思，而且道出了自己的苦痛与无奈。

时间

人间的季候永远不断在转变
春时你留下多处残红，翩然辞别，
本不想回来时同谁叹息秋天！

现在连秋云黄叶又已失落去
辽远里，剩下灰色的长空一片
透彻的寂寞，你忍听冷风独语？

名师点评

作者抓住暮春时的景象、深秋时的景象给以描绘，巧妙地将时间流逝表现了出来。

古城春景

时代把握不住时代自己的烦恼——
轻率的不满，就不叫它这时代牢骚——
偏又流成愤怨，聚一堆黑色的浓烟
喷出烟囱，那矗立的新观念，在古城楼对面！

怪得这嫩灰色一片，带疑问的春天
要泥黄色风沙，顺着白洋灰街沿，
再低着头去寻觅那已失落了的浪漫
到蓝布棉帘子，万字栏杆，仍上老店铺门槛？

寻去，不必有新奇的新发现，旧有保障
即使古老些，需要翡翠色甘蔗做拐杖
来支撑城墙下小果摊，那红鲜的冰糖葫芦
仍然光耀，串串如同旧珊瑚，还不怕新时代的尘土。

二十六年春北平

日子

优闲的仰着脸
望：
日子同这没有云的天
能不能永远？
又想：
（不敢低头）
疑问同风吹来时，
影子会不会已经
伸得很长，
寂寞的横在
衰柔的青草上？

名师点评

诗人不是问天，而是自我发问，发问的是自己痴痴想来的问题。读完这首诗，一个天真，又略带忧郁的诗人的形象也就立在了我们面前。

前后

河上不沉默的船
载着人过去了；
桥——三环洞的桥基，
上面再添了足迹；
早晨，
早又到了黄昏，
这赓续
绵长的路……

不能问谁
想望的终点，——
没有终点
这前面。
背后，
历史是片累赘！

去春

不过是去年的春天，花香，
红白的相间着一条小曲径，
在今天这苍白的下午，再一次登山
回头看，小山前一片松风
就吹成长长的距离，在自己身旁。

人去时，孔雀绿的园门，白丁香花，
相伴着动人的细致，在此时，
又一次湖冰将解的季候，已全变了画。
时间里悬挂，迎面阳光不来，
就是来了也是斜抹一行沉寂记忆，树下。

除夕看花

新从嘈杂着异乡口调的花市上买来，
碧桃雪白的长枝，同红血般的山茶花。
着自己小角隅再用精致鲜艳来结采，
不为着锐的伤感，仅是钝的还有剩余下！

明知道房里的静定，像弄错了季节，
气氛中故乡失得更远些，时间倒着悬挂；
过年也不像过年，看出灯笼在燃烧着点点血，
帘垂花下已记不起旧时热情、旧日的话。

如果心头再旋转着熟识旧时的芳菲，
模糊如条小径越过无数道篱笆，
纷纭的花叶枝条，草看弄得人昏迷，
今日的脚步，再不甘重踏上前时的泥沙。

月色已冻住，指着各处山头，河水更零乱，
关心的是马蹄平原上辛苦，无响在刻画，
除夕的花已不是花，仅一句言语梗在这里，
抖战着千万人的忧患，每个心头上牵挂。

（初刊于一九三九年六月二十八日香港《大公报》）

思考探究

标题是“除夕看花”。按说，要过年了，从花市上买来鲜花装点房间，欣赏一番，是高兴的事情，但我们读来，字里行间并没有喜悦，这是因为什么呢？

名师点评

“月色已冻住”，月色真能冻住？不能。但诗人这么写，正好写出了深夜之寒冷。这是无理之妙。

孤岛

遥望它是充满画意的山峰，
远立在河心里高傲的凌耸，
可怜它只是不幸的孤岛，——天然没有埂堤，
人工没搭座虹桥。

他同他的映影永为周围水的囚犯；
陆地于它，是达不到的希望！
早晚寂寞它常将小舟挽住，
风雨时节任江雾把自己隐去。

晴天它挺着小塔，玲珑独对云心；
盘盘石阶，由钟声松林中，超出安静。
特殊的轮廓它苦心孤诣做成，
漠漠大地又那里去找一点同情？

名师点评

读完全诗，很多人可能会觉得此诗就是描绘了一个孤岛的形象。如果这样理解，那是远远不到位的。这首诗所写，不仅仅是自然的孤岛，更是心灵的孤岛。

死是安慰

个个连环，永打不开，
生是个结，又是个结！
死的实在，
一朵云彩。

一根绳索，永远牵住，
生是张风筝，难得飘远，
死是江雾，
迷茫飞去！

长条旅程，永在中途，
生是脚步，泥般沉重，——
死是尽处，
不再辛苦。

一曲溪涧，日夜流水，
生是种奔逝，永在离别！
死只一回，
它是安慰。

（初刊于一九四七年一月四日天津《益世报》）

名师点评

这首诗共4小节，每小节都是先写生的艰难，再写死的好处，对照着写，形成鲜明的对比。就形式而言，每小节三、四句，都是4个字，十分整齐，读来朗朗上口。

给秋天

名师点评

这是一首秋的赞歌。诗人将秋比作自己的恋人，然后展开讴歌，并写热恋的过程，直至冬天来到，秋“已经不见了踪影”。

正与生命里一切相同，
我们爱得太是匆匆；
好像只是昨天，
你还在我的窗前！

笑脸向着晴空
你的林叶笑声里染红
你把黄光当金子般散开
稚气，豪侈，你没有悲哀。

你的红叶是亲切的牵绊，那零乱
每早必来缠住我的晨光。
我也吻你，不顾你的背影隔过玻璃窗！
际常淘气的闪过，却不对我忸怩。

可是我爱得多么疯狂，
竟未觉察凄厉的夜晚
已在你背后尾随，——
等候着把际残忍的摧毁！

一夜呼号的风声
果然没有把我惊醒，
等到太晚的那个早晨
啊。天！你已经不见了踪影。

我苛刻的咒诅自己，
但现在有谁走过这里，
除却严冬铁样长脸
阴霾中，偶然一见。

人生

人生，
你是一支曲子，
我是歌唱的；

你是河流
我是条船，一片小白帆
我是个行旅者的时候，
你，田野，山林，峰峦。

无论怎样，
颠倒密切中牵连着
你和我，
我永从你中间经过；

我生存，
你是我生存的河道，
理由同力量。
你的存在
则是我胸前心跳里

五色的绚彩
但我们彼此交错
并未彼此留难。
……
现在我死了，
你，——
我把你再交给他人负担！

展缓

当所有的情感
都并入一股哀怨
如小河，大河，汇向着
无边的大海，——不论
怎么冲击，怎样盘旋，——
那河上劲风，大小石卵，
所做成的几处逆流
小小港湾，就如同
那生命中，无意的宁静
避开了主流；情绪的
平波越出了悲愁。

停吧，这奔驰的血液；
它们不必全然废弛的
都去造成眼泪。
不妨多几次辗转，溯回流水，
任凭眼前这一切撩乱，
这所有，去建筑逻辑。
把绝望的结论，稍稍
迟缓，拖延时间，——
拖延理智的判断，——
会再给纯情感一种希望！

名师点评

作者在诗中将“无边的大海”与“小小港湾”、“逆流”与“主流”、“绝望的结论”与“纯情感一种希望”，以及“理智”与“情感”进行对比，展现了人生无解与生命的迷惘悲伤。

思考探究

诗人在本首诗中阐述了怎样的观点？你认可诗人的观点吗？

六点钟在下午

用什么来点缀
六点钟在下午？
六点钟在下午
点缀在你生命中，
仅有仿佛的灯光，
褪败的夕阳，窗外
一张落叶在旋转！

用什么来陪伴
六点钟在下午？
六点钟在下午
陪伴着你在暮色里闲坐，
等光走了，影子变换，
一支烟，为小雨点
继续着，无所盼望！

名师点评

这首诗共两小节。在形式上，第二小节是比照着第一小节来写的。第一小节第一行末尾词语与第四行词语都是“点缀”，而到了第二小节第一行末尾词语与第四行词语则都变作了“陪伴”，除此之外，第一小节和第二小节，前四句都一样。这样写来，具有一种形式上的整齐美。同时，整齐中求变化，又有一种灵动的变化美。

茶铺

这是立体的构画，
描在这里许多样脸
在顺城脚的茶铺里
隐隐起喧腾声一片。

各种的姿势，生活
刻划着不同方面：
茶座上全坐满了，笑的，
皱眉的，有的抽着旱烟。
老的，慈祥的面纹，
年轻的，灵活的眼睛，
都暂要时间茶杯上
停住，不再去扰乱心情！

一天一整串辛苦，
此刻才赚回小把安静，
夜晚回家，还有远路，
白天，谁有工夫闲看云影？

名师点评

这是以《昆明即景》为总题的诗歌中的第一首，是一首现实主义诗作。诗歌描绘了下层劳动者劳累一天后在顺城脚的南瓜棚下的茶铺中喝茶的景象。描写具体形象生动。

思考探究

请找出这首诗中你喜欢的诗句，并说说喜欢的理由。

不都为着真的口渴，
四面窗开着，喝茶，
跷起膝盖的是疲乏，
赤着臂膀好同乡邻闲话。

也为了放下扁担同肩背
向运命喘息，倚着墙，
每晚靠这一碗茶的生趣
幽默估量生的短长……

这是立体的构画，
设色在小生活旁边，
荫凉南瓜棚下茶铺，
热闹照样的又过了一天！

思考探究

第一小节首句也是“这是立体的构画”，首尾反复出现，有什么好处？

小楼

张大爹临街的矮楼，
半藏着，半挺着，立在街头，
瓦覆着它，窗开一条缝，
夕阳染红它，如写下古远的梦。

矮檐上长点草，也结过小瓜，
破石子路在楼前，无人种花，
是老坛子，瓦罐，大小的相伴；
尘垢列出许多风趣的零乱。

但张大爹走过，不吟咏它好；
大爹自己（上年纪了）不相信古老。
他拐着杖常到隔壁沽酒，
宁愿过桥，土堤去看新柳！

名师点评

这是以《昆明即景》为总题的诗歌中的第二首。诗歌共3小节，每小节4句，共12句。诗人仅用12句，便将张大爹的矮楼给予了立体的全方位的描绘，文字功夫让人叹为观止。

思考探究

第1小节第1句，初稿是“那上七下八临街的矮楼”。请和现在的第1小节第1句对比后思考分析作者修改的缘由。

一串疯话

好比这树丁香，几枝山红杏，
相信我的心里留着有一串话，
绕着许多叶子，青青的沉静，
风露日夜，只盼五月来开开花！

如果你是五月，八百里为我吹开
蓝空上霞彩，那样子来了春天，
忘掉腼腆，我定要转过脸来，
把一串疯话全说在你的面前！

名师点评

这真是一首让人拍案叫绝的好诗。好在哪里？好在作者用丁香、山红杏比喻自己的心中话，然后扩展开来。一扩展，也就有了新形象，新境界，让人想不到的新形象，新境界。

小诗（一）

感谢生命的讽刺嘲弄着我，
会唱的喉咙哑成了无言的歌。
一片轻纱似的情绪，本是空灵，
现时上面全打着拙笨补钉。

肩头上先是挑起两担云彩，
带着光辉要在从容天空里安排；
如今黑压压沉下现实的真相，
灵魂同饥饿的脊梁将一起压断！

我不敢问生命现在人该当如何
喘气！经验已如旧鞋底的穿破，
这纷歧道路上，石子和泥土模糊，
还是赤脚方便，去认取新的辛苦。

小诗（二）

小蚌壳里有所有的颜色；
整一条虹藏在里面。
绚彩的存在是他的秘密，
外面没有夕阳，也不见雨点。

黑夜天空上只一片渺茫；
整宇宙星斗那里闪亮，
远距离光明如无边海面，
是每小粒晶莹，给了你方向。

恶劣的心绪

我病中，这样缠住忧虑和烦扰，
好像西北冷风，从沙漠荒原吹起，
逐步吹入黄昏街头巷尾的垃圾堆；
在霉腐的琐屑里寻讨安慰，
自己在万物消耗以后的残骸中惊骇，
又一点一点给别人扬起可怕的尘埃！

吹散记忆正如陈旧的报纸飘在各处彷徨，
破碎支离的记录只颠倒提示过去的骚乱。
多余的理性还像一只饥饿的野狗
那样追着空罐同肉骨，自己寂寞的追着
咬嚼人类的感伤；生活是什么都还说不上来，
摆在眼前的已是这许多渣滓！

我希望：风停了；今晚情绪能像一场小雪，
沉默的白色轻轻降落地上；
雪花每片对自己和他人都带一星耐性的仁慈，
一层一层把恶劣残破和痛苦的一起掩藏；
在美丽明早的晨光下，焦心暂不必再有，——
绝望要来时，索性是雪后残酷的寒流！

三十六年十二月病中动手术前

写给我的大姊

当我去了，还有没说完的话，
好像客人去后杯里留下的茶；
说的时候，同喝的机会，都已错过，
主客黯然，可不必再去惋惜它。
如果有点感伤，你把脸掉向窗外，
落日将尽时，西天上，总还留有晚霞。

一切小小的留恋算不得罪过，
将尽未尽的衷曲也是常情。
你原谅我有一堆心绪上的闪躲，
黄昏时承认的，否认等不到天明；
有些话自己也还不曾说透，
他人的了解是来自直觉的会心。

当我去了，还有没说完的话，
像钟敲过后，时间在悬空里暂挂，
你有理由等待更美好的继续；
对忽然的终止，你有理由惧怕。
但原谅吧，我的话语永远不能完全，
亘古到今情感的矛盾做成了嘶哑。

一天

今天十二个钟头，
是我十二个客人，
每一个来了，又走了，
最后夕阳拖着影子也走了！
我没有时间盘问我自己胸怀，
黄昏却蹑着脚，好奇的偷着进来！
我说：朋友，这次我可不对你诉说啊，
每次说了，伤我一点骄傲。
黄昏黯然，无言的走开，
孤单的，沉默的，我投入夜的怀抱！

名师点评

这首诗写得十分有情趣。诗人将每个钟头比成一个朋友，每一个来了，又走了。最后来的是夕阳，在诗人的笔下，夕阳也是其朋友，是蹑着脚，好奇地偷着来到房间的。不仅如此，诗人与夕阳还有对话。没有一颗童心，怕是难以写出这样的好诗。

对残枝

梅花你这些残了后的枝条，
是你无法诉说的哀愁！
今晚这一阵雨点落过以后，
我关上窗子又要同你分手。
但我幻想夜色安慰你伤心，
下弦月照白了你，最是同情，
我睡了，我的诗记下你的温柔，
你不妨安心放芽去做成绿荫。

名师点评

诗人赋予梅花以生命，然后与梅花对话。其中，有理解，有不舍，有安慰，有同情，更有鼓励。全诗读完，立在我们面前的不仅有梅花的形象，还有悲天悯人的诗人形象。

对北门街园子

别说你寂寞；大树拱立，
草花烂漫，一个园子永远
睡着；没有脚步的走响。
你树梢盘着飞鸟，每早云天
吻你额前，每晚你留下对话
正是西山最好的夕阳。

名师点评

这是与北门街园子的对话。历数园子中的大树、草花、树梢盘着的飞鸟，还有园子上空的云天、夕阳等，亲切自然。作者热爱大自然的感情溢于言表。

十一月的小村

我想象我在轻轻的独语：
十一月的小村外是怎样个去处？
是这渺茫江边淡泊的天；
是这映红了的叶子疏疏隔着雾；
是乡愁，是这许多说不出的寂寞；
还是这条独自转折来去的山路？
是村子迷惘了，绕出一丝丝青烟；
是那白沙一片篁竹围着的茅屋？
是枯柴爆裂着灶火的声响，
是童子缩颈落叶林中的歌唱？
是老农随着耕牛，远远过去，
还是那坡边零落在吃草的牛羊？
是什么做成这十一月的心，
十一月的灵魂又是谁的病？
山坳子叫我立住的仅是一面黄土墙；
下午透过云霾那点子太阳！
一棵野藤绊住一角老墙头，斜睨
两根青石架起的大门，倒在路旁
无论我坐着，我又走开，

名师点评

诗歌开头部分第2句是问句，接下来10句是回答。这是运用了设问的修辞手法。与一般设问不同的是，这里的回答用了选择问句的形式，用的是商量的语气。这里的回答由10个“是”字句构成了排比，但这里的排比不是用来增强语势，而是用来描绘诗人想象的世界。这一世界，又和后面诗人所描绘的自己现在所处的现实世界形成了对比。

我都一样心跳；我的心前
虽然烦乱，总像绕着许多云彩，
但寂寂一湾水田，这几处荒坟，
它们永说不清谁是这一切主宰
我折一根柱枝，看下午最长的日影
要等待十一月的回答微风中吹来。

三十三年初冬李庄

忧郁

忧郁自然不是你的朋友；
但也不是你的敌人，你对他不能冤屈！
他是你强硬的债主，你呢？是
把自己灵魂压给他的赌徒。

你曾那样拿理想赌博，不幸
你输了；放下精神最后保留的田产，
最有价值的衣裳，然后一切你都
赔上，连自己的情绪和信仰，那不是自然？

你的债权人他是，那么，别尽问他脸貌
到底怎样！呀天，你如果一定要看清
今晚这里有盏小灯，灯下你无妨同他
面对面，你是这样的绝望，他是这样无情！

哭三弟恒

弟弟，我没有适合时代的语言
来哀悼你的死；
它是时代向你的要求，
简单的，你给了。
这冷酷简单的壮烈是时代的诗
这沉默的光荣是你。

假使在这不可免的真实上
多给了悲哀，我想呼喊，
那是——你自己也明了——
因为你走得太早，
太早了，弟弟，难为你的勇敢，
机械的落伍，你的机会太惨！

三年了，你阵亡在成都上空，
这三年的时间所做成的不同，
如果我向你说来，你别悲伤，
因为多半不是我们老国，
而是他人在时代中辗动，

我们灵魂流血，炸成了窟窿。

我们已有了盟友、物资同军火，
正是你所曾经希望过。
我记得，记得当时我怎样同你
讨论又讨论，点算又点算，
每一天你是那样耐性的等着，
每天却空的过去，慢得像骆驼！

现在驱逐机已非当日你最想望
驾驶的“老鹰式七五”那样——
那样笨，那样慢，啊，弟弟不要伤心，
你已做到你们所能做的，
别说是谁误了你，是时代无法衡量，
中国还要上前，黑夜在等天亮。

弟弟，我已用这许多不美丽言语
算是诗来追悼你，
要相信我的心多苦，喉咙多哑，
你永不会回来了，我知道，
青年的热血作了科学的代替；
中国的悲怆永沉在我的心底。

啊，你别难过，难过了我给不出安慰。
我曾每日那样想过了几回：
你已给了你所有的，同你去的弟兄

名师点评

“我们已有了盟友、物资同军火”，这是在告慰弟弟，因为这是弟弟生前一直在盼望的。

思考探究

第6小节最后两句，又该怎样理解呢？

也是一样，献出你们的生命；
已有的年轻一切；将来还有的机会，
可能的壮年工作，老年的智慧；

可能的情爱，家庭，儿女，及那所有
生的权利，喜悦；及生的纷纠！
你们给的真多，都为了谁？你相信
今后中国多少人的幸福要在
你的前头，比自己要紧；那不朽
中国的历史，还需要在世上永久。

你相信，你也做了，最后一切你交出。
我既完全明白了，为何我还为着你哭？
只因你是个孩子却没有留什么给自己，
小时我盼着你的幸福，战时你的安全，
今天你没有儿女牵挂需要抚恤同安慰，
而万千国人像已忘掉，你死是为了谁！

三十三年李庄

春天田里漫步

春天田里，慢慢的，有花开，
有人说是忧愁，——
有人说不是：人生仅有
无谓的空追求！
那么是寂寞了，诗意的悲哀
心这样悠悠：
古今仍是一样，
河水缓缓的流。

青青草原，新才追到眼前，
有人说是春风，——
有人说不是：季候正逢
情感的天空，
或许是自己呢，怀念远边，
心这样吹动？
古今永远不变，
春日迟迟中红。

一九四〇四川李庄上题初病后

桥

名师点评

从桥的使命、肩背、胸怀等4个方面来写桥的用途。在形式上，是用了排比手法。

他的使命：
南北两岸莽莽两条路的携手；
他的完成
不挡江月东西，船只上下的交流；
他的肩背
坚定的让脚步上面经过，找各人的路去；
他的胸怀，
虚空的环洞，不把江心洪流堵住。

名师点评

四个“一”开头的句子构成排比，再次礼赞桥。

他是座桥：
一条大胆的横梁，立脚于茫茫水面；
一堆泥石，
辛苦堆积或造形的完美，在自然上边；
一掬理智，
适应无数的神奇，支持立体的纪念；
一次人工，
矫正了造化的疏忽，将隔绝的重新牵连！

他是座桥，

看那平衡两排如同静思的栏杆；
他的力量，
两座桥墩下，多粗壮的石头镶嵌；
他的忍耐，
容每道车辙刻入脚印已磨光的石板；
他的安闲，
岁月增进，让钓翁野草随在身旁。

他的美丽，
如同山月的锁钥，正见出人类匠心；
他的心灵，
浸入寒波，在一钩倒影里续成圆形。
他的存在，
却不为嬉戏的闲情——而为责任；
他的理想，
该寄给人生的行旅者一种虔诚。

三十六年六月

名师点评

从桥的美丽、心灵、存在理想等4方面第4次礼赞桥。表面上诗人是在礼赞桥，实质上是在礼赞像桥一样的人！

古城黄昏

我见到古城在斜阳中凝神；
城楼望着城楼，
忘却中间一片黄金的殿顶；
十条闹街还散在脚下，
虫蚁一样有无数行人。

我见到古城在黄昏中凝神；
乌鸦噪聒的飞旋，
废苑古柏在困倦中支撑。
无数坛庙寂寞与荒凉，
锁起一座一座剥落的殿门。

我听到古城在薄暮中语：
僧寺悄寂，熄了香火；
钟声沉下，市声里失去；
车马不断扬起年代的尘土，
到处风沙叹息着历史。

名师点评

城楼、乌鸦、古柏、殿门、僧寺等一系列意象，与困倦、寂寞、荒凉、剥落、叹息组合，再加上斜阳、黄昏、薄暮等精心选择的时间，这样，也就展现出了诗人观察到的古城形象。

思考探究

思考第1小节诗人的观察角度。

破晓

木格子窗上，支支哑哑的响。
泻像薄冰的纸上，一层微光。
早晨的睡眼见不到一点温暖
你同熄了的炉火应在留恋昨晓。
忽然钟声由冻骤的空中敲出，
悠扬的击节，寒花开在山谷！
这时，任何的梦该卷起，好好收藏
又一天的日子已迈过你的窗栏

三六，冬至，平西郊

名师点评

本诗语言耐咀嚼，比如“任何的梦该卷起，好好收藏”，用“卷”字来写梦，并顺势用“好好收藏”拓展，诗味十足。

诗
——自然的赠与

花刺是花的幽默，
颜色，她的不谨慎。
她残了，委屈里没有恨。

星光赠你的是冷；
夜深时你会暖□，
满天闪烁整宇宙智慧，
她们愿意照入你的心灵。

湖上微风是同你微笑；
她爱湖水情绪的激动。
□□，水藻，蜻蜓，和一切闲情，
你爱水底倒映认真的晴空。

红叶秋林是秋天的火焰，
终烧成焦燥同凋零，
让她铺着山径为你的散步，
盼你踏着忧愁给草木同情。

灵感

是你，是花，是梦，打这儿过，
此刻像风，在摇动着我：
告诉日子重叠盘盘的山窝；
清泉潺潺流动转狂放的河；
孤僻林里闲开着鲜妍花，
细香常伴着圆月静天里挂；
且有神仙纷纭的浮出紫烟，
衫裾飘忽映影在山溪前；
给人的理想和理想上
铺香花，叫人心和心合着唱；
直到灵魂舒展成条银河，
长长流在天上一千首歌！

是你，是花，是梦，打这里儿过。
此刻像风，在摇动着我：
告诉日子是这样的不清醒；
当中偏响着想不到的一串铃。
树枝里轻声摇曳；金镶上翠，
低了头的斜阳，又一抹光辉。

名师点评

诗人让一条条意象或平铺，或叠加，将山中魅力无限的景象整体推到了我们读者面前，不由得我们不为之着迷。其次，这首诗读来还让人感觉有一种音韵美。音韵美的形成，则与诗人对反复的使用和韵脚的选择和运用是分不开的。

难怪阶前人忘掉黄昏，脚下草，
高阁古松，望着天上点骄傲，
留下檀香，木鱼，合掌
在神龛前，在蒲团上，
楼外又楼外，幻想彩霞却缀成
凤凰栏杆，挂起了塔顶上灯！

二十四年十月徽因作于北平

我们的雄鸡

我们的雄鸡从没有以为
自己是孔雀
自信他们鸡冠已够他
仰着头漫步——
一个院子他绕上了一遍
仪表风姿
都在群雌的面前!

我们的雄鸡从没有以为
自己是首领
晓色里他只扬起他的呼声
这呼声叫醒了别人
他经济地保留这种叫喊
(保留那规则)
于是便象征了时间!

一九四八年二月十八日清华

名师点评

这是一首赞美雄鸡的诗歌。雄鸡不自大，正因为这样，它才从没有认为自己是孔雀或首领；雄鸡十分自信，正因为这样，它才能绕院子一遍，让群雌为它的仪表风姿折服。这是在赞美雄鸡，也是在赞美具有这样品格的人。

读后感

窗外

——《你是人间四月天》读后感

窗外，浮动着暖暖的春的气息，这夜，就变得格外温情起来。就一盏灯光，我和林徽因穿越时空，相逢在文字里。她不是为文字而生，但她的文字却让大家传颂。在江南烟雨里，她娉娉婷婷，犹如一支白莲，静静地绽放在岁月的河中……

此时，正是四月。说起林徽因，也总是在人间四月。有人说，她被季节封存在四月天，窗外的柳絮做了萍客，梁间的燕子做了邻伴，梦中的白莲做了知己，如此纯净美好，仿佛不食人间烟火。其实她比任何女子都懂得调配烟火——这个让徐志摩怀想了一生，让梁思成宠爱了一生，让金岳霖默默地记挂了一生，更让世间形色男子仰慕了一生的民国才女，也深深地触动了我的心灵。

爱情，从来都是喜悦与痛苦并存的，林徽因虽有白莲的清澈，却也未能逃避凡尘俗世的爱情侵袭。在英国伦敦，林徽因遇上了徐志摩，她生命中第一个爱的男人，康桥里的水波潋滟，却没能把这段爱情定格成永远，被定格的，是徐志摩无奈地“挥一挥衣袖，不带走一片云彩”。与梁思成则是细水长流的爱情，几十年里的相濡以沫，夫唱妇随，眼睛看到哪儿，足迹跟到哪儿，只求一份现世的安稳。而她也让金岳霖一生无怨无悔地追随她，毗邻而居，不为相守，只为喜欢！

触动我的，不单单是她绝美的爱情故事，还有她的才学。一首《你是人间四月天》让她的诗情绽放在桃红柳绿的春天，带给多少人对爱的向往——你是一树一树的花开，是燕在梁间呢喃，——你是爱，是暖，是希望，你是人间的四月天！但是，你又怎能相信，如此感性如此唯美的她，竟然会和建筑有着很深的渊源。她一生中遍踏祖国的大地，甚至在欧洲很多国家都有她留下的一抹清香，这不是为了诗文而体验生活，而是为了她钟爱的建筑事业做考察。她的一生，为古建筑付出了最多的时间和精力，她不仅在战乱流亡中为云南大学设计了女生宿舍，而且还参与设计了国徽，也因此被特邀参加全国政协一届二次会议！在生命的最后时日，她工作简直到了疯狂的地步，先是抱病设计了一批具有民族风格的景泰蓝新颖图案，挽救了濒于停业的景泰蓝传统工艺。后又和助手一起，设计了人民英雄纪念碑须弥座的图案，并撰写了一系列介绍我国古建筑的文章，翻译了国外的一些建筑书籍。而文学，只是她怡情养性的一种方式，即便如此，她都能把事业和爱好如此精彩地诠释，试问，世间还有谁能够做到？

能够让我品味再三的，还是她淡如出水白莲，又坚毅优雅的性格。林徽因应该算是一个从容的人，她不会为了某种情绪而让自己沉沦；她能在诗情画意里常常独自吟哦，又在属于自己的建筑事业里呼风唤雨。所以她有许多的瞬间与剪影，有些人记住她的是柔婉多情，有些人记住她的是平宁淡定，也有些人记住她的执着热忱。其实生活真的如同一条惊涛骇浪，尤其是生活在那个动荡不安的年代，再加上出现在这个女子身上的三段刻骨铭心的爱情，如果没有一颗坚毅包容的心灵，没有一种处变不惊的大气，又怎能在生活的激流里驾驭得了自己的小船，不偏离航道？

轻轻地合上书页，也把林徽因轻轻装在心里。这个生于莲花绽放季节的女子，经过 51 载人世春秋，悄悄飘落在人间四月天。循着文字，我分明看到她从透明纯净的婴孩历经尘世风雨，傲然绽放自己的美丽，展示自己的高洁和才华，然后化为一缕青烟，去追寻又一世的烟火人生。

我无言送别，我只能在某个意志薄弱的时刻，某天心情沮丧的时候，亦或是某个温馨浪漫的夜晚，某个快乐如水的日子，和她再度相逢，用她的智慧来启迪自己，用她的温情来安慰自己，用她的追求来激励自己，便已足矣。

你是人间四月天，是四月早天里的云烟，是梦中期待的白莲，是爱，是暖……你若安好，便是晴天！

真题汇编

一、选择题

1.【2017年湖北荆州中考卷】下列关于文学常识的说法有错误的一项是（　　）

A. 诗歌这种文学样式，偏重于抒情言志。从表达方式看，可以分为叙事诗和抒情诗。

B. 散文是一种描写见闻、表达、感受的文字样式，它还有“美文”“小品文”“随笔”之称。

C. 小说以叙述故事情节为中心，通过人物形象的塑造和环境的描写来反映社会生活。

D. 戏剧通过矛盾冲突展开情节、塑造人物，往往以矛盾冲突作为情节发展的主要线索。

2. 下列句子运用的修辞手法与其他三项不同的一项是（　　）

A. 人间四月天，清丽典雅地涉水而来，清清浅浅，让你尽展笑颜。

B. 为了迎接四月，大地做了太多隆重的准备。

C. 四月的风恣意地亲吻着我们的脸，轻轻摇曳着我们的心。

D. 你是四月早天里的云烟。

二、填空题

1.《你是人间的四月天》的作者，是我国当代著名的__________、__________作家，“新月派”诗人之一。

2.《你是人间的四月天》中的“你”指代______________，突出了“你”__________的特点。

3. 在这首诗中，直接展示色彩的文字有_______________，这些词语给人一种_______________的感觉。

三、综合实践题。

人间最美四月天。四月正是清明时节，小敏离开家乡多年的伯父伯母从国外回到家乡扫墓探亲。

【行程安排】小敏和爸爸妈妈想利用双休日陪伯父伯母去与江都相邻的泰州游玩。爸爸建议去三个地方（见下图），感受泰州的“水乡清丽，文化悠远”。请你根据下面的图片资料。

1. 帮助小敏设计“二日游”行程，并用文字表述出来。要求：行程设计合理，有主题；语言表述简洁，有条理；100 字左右。

望海楼（泰州市中心）

溱潼古镇（市中心往东约 35 公里）

兴化千垛菜花（市中心往北约 80 公里）

答：____

2.【赏花论诗】请你结合语境和语文知识，完成以下两处对话内容。

小敏和爸爸妈妈陪着伯父伯母游览千垛菜花。当船漂浮在弯弯碧水间的千百座菜花垛中时，伯父满眼讶异惊叹，心生爱意，不禁吟出一句：“河有万湾多碧水，田无一垛不黄花。”小敏爸爸说：“真美的诗句，不过我倒觉得下句用‘菜花’比‘黄花’更显得直接明白。”

伯父看着小敏说：“小敏，你觉得哪个词更好呢？为什么？”

小敏略作思考，说：“______________________________。”

伯父听了大为赞赏："想不到我们家小敏文学素养这么高，真棒！"

四、阅读题。

1. 九年级（2）班在学完《你是人间四月天》之后准备展开一次林徽因诗歌朗诵会，下面有两项活动请你协助完成。

（1）请你为这次朗诵会拟写一句主题语。

（2）班上有个别同学认为举办朗诵会会耽误学习，对中考没有好处，因此不想参加。请你对他们进行劝说。

参考答案

考题链接

一、C

二、略

真题汇编

一、1.C　　2.D

二、1. 建筑师　诗人

2.“人间的四月天”“四月早天里的云烟”“夜夜的月圆”“新鲜初放芽的绿”“一树一树的花开”“燕呢喃”“爱，暖，希望”　娇柔、温和、静雅

3. 鲜妍、鹅黄、绿、白明亮、温暖

三、1. 示例：第一天感受泰州文化的悠远。早上去望海楼参观，了解泰州悠久的历史文。下午去溱潼古镇，观赏万朵古山茶，品尝“溱湖八鲜”，领略水乡古镇的独特魅力。当天返回。第二天，感受泰州水乡的清丽。早上乘车去兴化千垛菜花景区，感受水之晶莹剔透，垛之幽静秀美，花之繁茂壮观，尽情享受天人合一的境界。

2. 示例：我也觉得“菜花”一词更好。因为“黄花”在古典诗词中还可以指“菊花”，比如“岁岁重阳，今又重阳，战地黄花分外香”，再如“帘卷西风，人比黄花瘦”。此情此景，用“菜花”更贴切。